La collection « Vive le vent ! »
est dirigée par Michel Lavoie

D1322934

Un spectacle pour Morgane

L'auteure

Julie Pellerin naît à Trois-Rivières en 1979. Dès le début de son parcours scolaire, elle rêve à une profession d'enseignante. À l'école, elle adore écrire des histoires et faire des dictées. Déjà, son enseignante lui prédit un avenir d'écrivaine. Julie laisse cette idée germer dans son esprit. Aujourd'hui, elle enseigne au préscolaire et au primaire, dévore les livres qui lui tombent sous la main… et écrit des histoires.

Julie Pellerin
Un spectacle
pour Morgane

Vents d'Ouest

collection VIVE LE VENT !

Catalogage avant publication de Bibliothèque et Archives nationales du Québec et Bibliothèque et Archives Canada

Pellerin, Julie, 1979-

  Un spectacle pour Morgane

  (Vive le vent! ; 14)
  Pour enfants de 7 à 9 ans.

  ISBN 978-2-89537-200-4

  I. Péladeau, Éric. II. Titre. III. Collection: Collection Vive le vent!; 14.

PS8631.E434S63 2011   jC843'.6   C2010-942340-0
PS9631.E434S63 2011

Nous remercions le Conseil des Arts du Canada de l'aide accordée à notre programme de publication. Nous reconnaissons l'aide financière du gouvernement du Canada par l'entremise du Fonds du livre du Canada pour nos activités d'édition. Nous remercions également la Société de développement des entreprises culturelles ainsi que la Ville de Gatineau de leur soutien.

Dépôt légal — Bibliothèque et Archives nationales du Québec, 2011
Bibliothèque et Archives Canada, 2011

Révision: Raymond Savard
Correction d'épreuves: Renée Labat
Illustrations intérieures: Éric Péladeau
Mise en pages: Lynne Mackay

Éditions Vents d'Ouest
109, rue Wright, bureau 202
Gatineau (Québec) J8X 2G7
Courriel: info@ventsdouest.ca
Site Internet: www.ventsdouest.ca

Diffusion Canada: PROLOGUE INC.
Téléphone: (450) 434-0306
Télécopieur: (450) 434-2627

Diffusion en France: Distribution du Nouveau Monde (DNM)
Téléphone: 01 43 54 49 02
Télécopieur: 01 43 54 39 15

À ma filleule, la belle Abigaël

1

Un anniversaire gâché au carré

Aujourd'hui, c'est mon anniversaire. J'ai une décennie complète. Une dizaine et zéro unité. Je pensais avoir la méga fête surprise que mérite toute fille de 10 ans. Mais non! Maman préfère « faire ça intime ».

Pour mon souper d'anniversaire, nous ne sommes que dix: mes parents, mon grand frère Alex, mes grands-parents Boileau, mes deux cousins de 4 ans, ma tante Francine, ma meilleure amie Léonie et moi. Une chance que ma meilleure amie est là, sinon ce serait vraiment gâché au carré.

Nous mangeons de la lasagne, mon mets préféré. Les adultes bavardent de leur côté de la table, Léonie et moi du nôtre. Mes cousins, au centre, trouvent le moyen d'avoir plus de sauce à la viande sur le visage et dans le cou que dans la bouche.

Après le souper, tout se met à aller de travers. Alex, comme toujours, s'éclipse dans sa chambre. Il dit qu'il cherche un emploi sur Internet. Tu parles ! Il doit clavarder. Depuis qu'il a terminé le cégep, s'il ne s'enferme pas dans sa chambre au sous-sol, mon frérot chéri s'isole dans le garage pour gratter sa guitare. Bien sûr, il a oublié mon anniversaire.

— Je vais te donner ton cadeau plus tard, Morgane. Je n'ai pas eu le temps de l'acheter.

Quelle surprise!

Dix ans, c'est un âge important. Le cadeau doit être simplement génial. J'ai demandé à mes parents une paire de billets pour le spectacle des Rochers Roulent. C'est le groupe de musique le plus populaire de la ville, du pays et bientôt de la planète. Je les écoute tout le temps, même sous la douche.

Ce sera mon premier vrai spectacle dans une vraie salle. Et le concert a lieu dans deux semaines. C'est le cadeau idéal! L'autre jour, j'ai vu papa se brancher sur Internet. Un samedi matin. Mon père n'ouvre jamais l'ordinateur la fin de semaine.

Quand Alex quitte la table, nous allons dans le salon. C'est le moment de déballer mes cadeaux. Mes grands-parents me donnent un pyjama rose. On dirait que grand-maman en a acheté une caisse à ma naissance.

Ensuite, je déballe le cadeau de tante Francine.

— Ah! Super, une trousse de maquillage!

Je n'aime pas le maquillage. Tante Francine semble si fière de son cadeau. Je ne peux pas lui dire que je déteste avoir des produits poudreux ou gras sur ma peau. Que le maquillage, c'est pour les clowns. Que je n'ai que 10 ans. Je peux attendre encore avant de ressembler au pharaon Toutankhamon.

— Nous aussi, on a un cadeau pour toi, me dit mon cousin Zack. Regarde, on l'a fait nous tout seuls.

Ils sont tellement gentils, les jumeaux. De vrais anges! Ils m'ont fabriqué une carte géante avec de la gouache, du carton et des images prises dans de vieux magazines.

— Merci Zack, merci Jacob. C'est très joli.

— J'ai un cadeau pour toi, dit Léonie, mal à l'aise. Mais c'est pas grand-chose.

— Il est super-génial ce bracelet, Léonie. Merci!

Le père de Léonie a perdu son emploi l'automne dernier. Depuis, il cherche du travail. Léonie n'a plus d'argent de poche. Elle fait les plus beaux bracelets de toute l'école. Jusqu'à maintenant, c'est mon cadeau d'anniversaire préféré. Mais il reste celui de mes parents. Le plus fantastique, le plus extraordinaire, le plus important…

— Un certificat-cadeau?

— Tu pourras t'acheter ce que tu veux! dit papa

Et mon supercadeau que toute fille de 10 ans rêve d'avoir? Ma paire de billets pour le spectacle des Rochers Roulent? Comme si maman lisait dans mes pensées, elle m'avoue:

— Mon poussin, il n'y avait plus de billets. Ils se sont vendus en 15 minutes. Ton père a pensé bien faire. Quand ils reviendront, nous irons les voir ensemble.

— Quand ils reviendront? Ça va être long!

Sans même me retourner, je file dans ma chambre et je verrouille la porte. Depuis, je pleure, étendue sur mon lit. Ce n'est pas juste! Quelqu'un cogne à la porte, mais je suis trop occupée à me vider de mes

70 % d'eau pour répondre. Après quelques minutes, je lève les yeux. Poil de kiwi! C'est la goutte qui fait déborder le vase.

— Zack, Jacob! Qu'est-ce que vous avez fait?

J'ai crié si fort que tout le monde est devant ma chambre lorsque j'ouvre la porte.

— Zachary et Jacob Boileau, qu'est-ce qui vous a pris? gronde tante Francine.

— On voulait juste lui faire une surprise.

Pour une surprise, quelle surprise! Sur ma table de travail, des dizaines de magazines, MES magazines, sont éparpillés. Les jumeaux ont fait ma carte de fête avec MA collection de revues. De vrais petits monstres! Comme si ce n'était pas assez, il y a de la gouache partout:

sur mon bureau, sur ma chaise de travail et même sur le tapis. Mon coin d'étude ressemble à un terrain de *paintball*.

— Je suis désolée, dit tante Francine davantage à maman qu'à moi. Je vais payer pour le nettoyage de tapis.

— Désolée ? Mes magazines sont détruits, ma fête est fichue et ma chambre ressemble à un champ de bataille ! Tout ça à cause de tes petits monstres !

— Ça suffit, Morgane, m'ordonne maman. Dans ta chambre !

— Je suis déjà dans ma chambre.

Tout le monde me laisse seule avec mon désespoir et mon désordre. Je n'ai même pas le temps de dire au revoir à Léonie. Papa va la reconduire chez elle.

C'est le pire anniversaire de ma vie. Je n'aime pas ça, avoir 10 ans. Tant qu'à être enfermée dans ma chambre, je pense que je vais dormir. Peut-être que demain arrivera plus vite…

2

Des moutons dans la classe

E N ENTRANT dans la classe, je me dirige vers Léonie. Elle écrit ses devoirs et ses leçons dans son agenda. Je suis contente, nous sommes seules. Je vais pouvoir lui parler sans que nous soyons dérangées par des oreilles indiscrètes.

— Léonie, je m'excuse pour hier.

— Tu n'as pas à t'excuser, me répond-elle. J'aurais probablement agi de la même façon.

— Toi? Mais voyons, tu es toujours calme.

— Pas toujours, m'avoue-t-elle. Avant de crier, j'inspire très fort et je compte jusqu'à sept.

— C'est un bon truc, dis-je sincèrement. Je vais l'essayer.

À ce moment précis, les autres élèves de la classe entrent.

— Devinez quoi, les filles!

Elle, c'est Anatole le moulin à paroles. Son vrai nom, c'est Anatoline Babin. Madame se maquille et veut ressembler à une fille du secondaire avec ses vêtements à la dernière mode. Moi, je suis certaine qu'elle ne veut plus qu'on l'appelle Anatoline car tout le monde disait « Anatoline Babine la pas fine » l'an passé. Elle piquait de ces crises! Les garçons ont commencé à l'appeler « Anatole la bolle », mais ils ont vite arrêté. Ce n'est pas une 100 watts !

— On ne sait pas, lui répond sèchement Léonie.

— Mon cousin va me donner une paire de billets pour le concert des Rochers Roulent ! Il connaît le bassiste du groupe.

Il ne manquait plus que ça ! Anatole, la pire vantarde au monde, a des billets ! Je l'envie, mais je ne peux pas le lui avouer. Elle serait bien trop contente.

— Je suis certaine que je vais pouvoir rencontrer les membres du groupe, ajoute-t-elle. Il est tellement génial, mon cousin.

— Bravo, lui dis-je, sans trop d'enthousiasme.

— Mais ce n'est pas tout. Il m'a dit qu'il me donne les billets. Les deux billets. Et maman dit que je peux amener qui je veux. Qui veut venir?

Elle l'a dit assez fort pour que toute la classe l'entende! En moins de deux, une dizaine de moutons s'attroupent autour d'elle.

— On dirait que je vais devoir choisir celui ou celle qui le mérite le plus! Ça va être excitant! Andréane, aurais-tu la gentillesse de me prêter ton devoir sur les fractions? J'ai oublié mon cahier hier.

Non seulement Andréane accepte, mais en plus, elle lui propose de recopier son travail. Trop, c'est trop! Je retourne m'asseoir à ma place. Léonie me suit.

— Penses-y, Morgane. C'est peut-être notre dernière chance! Après ce spectacle, ils vont faire une tournée en Europe.

Léonie n'a pas tort. Mais je ne veux pas donner cette satisfaction à Anatole.

À la récréation, Léonie et moi nous assoyons près des marches.

— Je pense qu'on n'a pas le choix, constate Léonie. Anatole est la chance ultime.

— Je suis certaine qu'il y a d'autres moyens. En plus, on ne pourra pas y aller ensemble.

Pendant 10 minutes, nous regardons une feuille blanche lignée bleu sans rien écrire. Je tourne les yeux vers le terrain de ballon-chasseur. La moitié des élèves de la classe jouent. Lorsque Anatole a le ballon, les garçons s'approchent d'elle et se laissent viser. Presque tout le monde est éliminé. Ils trichent pour laisser la nouvelle reine gagner. Je frissonne d'horreur à l'idée d'agir ainsi.

Sous la glissoire, le beau Nicolas D'Amour et Gaëlle La Rochelle se donnent des petits bisous. Il n'y a que les surveillantes qui n'ont pas découvert leur cachette secrète. Depuis que Gaëlle la nouvelle est arrivée à l'école, Nicolas ne la quitte pas d'une semelle.

Un peu plus loin, Mme Cécile sépare deux élèves qui se chamaillent. Près du mur, Michelle Michaud et Florence Lord inventent une chorégraphie.

— J'allais oublier! dis-je. *Vidéoclip Mag*! Ils vont donner des billets ce soir!

— Mais voyons, réplique Léonie. Il doit y avoir un million de personnes qui la regardent.

Vidéoclip Mag est une émission de télévision sur la musique. On y présente les vidéoclips des groupes de l'heure, des potins artistiques et des entrevues. Ce soir, les animateurs donneront des paires de billets aux dix premiers appels. Tout ce qu'on a à faire, c'est répondre à une question sur les Rochers Roulent. Trop facile! Je connais tout sur eux.

— As-tu une meilleure idée, Léonie?

— Non mais…

— Moi non plus. Ça vaut la peine d'essayer.

3

À moi les billets !

APRÈS L'ÉCOLE, je m'installe dans ma chambre et je fais mes devoirs. Maman trouve que je suis disciplinée. Elle dit que mes 10 ans me vont bien. Je ne cours aucun risque. Je ne veux pas qu'elle me dise : « Tu pourras regarder la télévision quand tu auras terminé tes devoirs. Tous tes devoirs ! »

Une heure plus tard, je ferme mon cahier de français. D'habitude, je remets mon étude à plus tard. Je me sens coupable parce que je joue dehors ou que je regarde la télévision. Mais, je dois quand même faire mes devoirs. Ce soir, je me sens libre. Libre comme une abeille en congé. Ça, c'est si les abeilles ont des vacances.

Après le souper, je suis prête. Je m'installe devant le téléviseur avec mes magazines de musique. S'ils posent une colle, je vais trouver la réponse rapidement. Le téléphone près de moi, je compose le numéro de *Vidéoclip Mag* et je raccroche. Je n'aurai qu'à appuyer sur le bouton « recomposer ».

Mais c'est long! On dirait que quelqu'un a appuyé sur un bouton magique pour faire ralentir le temps. Comme dans un cours sur les fractions.

— Après la pause publicitaire, déclare l'animateur, nous vous revenons avec le vidéoclip des Rochers Roulent et une question qui pourrait vous faire gagner des billets pour leur prochain spectacle en ville.

Quand j'entends les dernières notes de *Pays chaud*, l'animateur demande :

— Maintenant, voici la question tant attendue qui pourrait vous faire gagner une des dix paires de billets pour le spectacle des Rochers Roulent.

Le téléphone me glisse des mains tellement elles sont moites. Je tremble comme un moteur de vieille tondeuse à gazon. Mon cœur bat au rythme de la chanson de mon groupe préféré.

— Quel est le nom du chien du guitariste des Rochers Roulent ?

Tu parles d'une question facile!
Il s'appelle «Wouf». En un grain de
sable de seconde, j'appuie sur le
bouton « recomposer ». À moi les
billets!

Ça m'a demandé quelques
secondes avant de réaliser ce qui se
passait. Je ne comprenais pas pourquoi j'entendais la voix d'une fille
qui rigole.

— ALEX, RACCROCHE! J'AI UN
APPEL URGENT À FAIRE.

Je cours vers la chambre de mon
frère.

— Qu'est-ce qu'il y a, sœurette?

— Je dois téléphon… Le con-
cours des Rochers Roulent!

Je suis tellement déçue que je
n'arrive même pas à dire une phrase
complète.

— Voyons, Morgane, me répond mon frère. Comment aurais-je pu deviner que tu voulais téléphoner ?

Mon corps tremble du toupet aux ongles d'orteils. J'en veux à Alex de toujours utiliser la ligne téléphonique. J'en veux à *Vidéoclip Mag* de ne pas avoir posé la question avant. Et je m'en veux de ne pas avoir dit à mon frère que j'avais besoin du téléphone.

— Tu es toujours au téléphone ! C'est ta faute si je ne peux pas voir mon spectacle !

— Arrête, Morgane ! Ce n'est pas la fin du monde ! Maintenant, puis-je avoir la paix ? Je suis au téléphone !

Je mets mes mains sur mes hanches en serrant les lèvres. Poil de kiwi ! Mon frère n'aura pas le dernier mot, je ne bougerai pas.

— Deux secondes, Sara, dit Alex à la fille qui rigole. C'est juste ma petite sœur.

Il se lève, place ses mains sur mes épaules et me pousse vers le corridor. Je n'ai pas le temps de réagir. D'un coup de hanche, il ferme la porte. Je colle mon oreille pour entendre la conversation.

— Non, non, Sara. C'est rien de sérieux. Tu viens d'être témoin du drame existentiel de la vie d'une fillette de 10 ans.

Quoi? C'est rien? Une fillette? Pour qui il se prend, lui? Je ne peux m'empêcher de signifier ma présence à mon frère, malgré le mur qui nous sépare.

— ALEX BOILEAU, JE TE DÉTESTE!

— OUAIS, OUAIS, JE SAIS, SŒURETTE!

Et je l'entends rire à nouveau. Poil de kiwi ! Pourquoi ai-je un frère ?

En route vers ma chambre, je prends une bonne respiration et je compte jusqu'à sept. Tout comme Léonie me l'a conseillé. Soudain, je pense à mon amie. Et si Léonie avait réussi à avoir les billets ? Une luciole d'espoir, toute petite mais brillante, me réconforte.

La communauté des moutons

Nous n'avons pas eu de chance. Léonie n'a même pas réussi à obtenir la ligne téléphonique de *Vidéoclip Mag*. Nous étions déçues. Tellement déçues que nous avons rejoint la communauté des moutons de la classe. Je veux aller au spectacle des Rochers Roulent à tout prix. Même si c'est avec Anatole. Bien sûr, si c'est Léonie qui y va, je vais être contente pour elle. C'est ma meilleure amie, après tout.

Depuis une semaine et demie, tout le monde tente de plaire à la reine. Nicolas a même délaissé sa copine Gaëlle puisque Anatole lui a demandé de sortir avec elle. Elle court après lui depuis la maternelle. Gaëlle la nouvelle est seule maintenant. Aux récréations, elle se cache sous la glissoire pour fuir Anatole et sa bande. Ils lui bêlent des « Gaëlle la pas belle ! » ou « La Rochelle, va te cacher dans la poubelle ! »

De mon côté, je fais tout pour faire plaisir à Anatole. Mardi, elle devait nettoyer la cage de Virevolte, le pinson de la classe de madame Cécile. Je sais qu'Anatole n'aime pas se salir les mains. Alors, je lui ai proposé de le faire pour elle.

— Un point pour Morgane, a répondu la reine.

Je bous à l'intérieur chaque fois qu'elle dit ça. Respire Morgane, respire! 1-2-3-4-5-6-7!

— Merci, Anatole. Voudrais-tu des biscuits aux pépites de chocolat avec ça?

Je lui ai répondu ainsi un peu en me moquant d'elle. Au lieu de me fâcher, je préfère utiliser l'humour. Avec tout le sérieux du monde, elle m'a répondu:

— Mais oui, j'aimerais bien! Ce sera un point de plus pour toi.

Ah! Celle-là! Elle est impossible! Je suis quand même allée chercher ce qui devait être mon dessert pour le dîner. En passant devant la cage que je m'apprêtais à nettoyer, j'ai vu les crottes de Virevolte. Pendant quelques secondes, j'ai pensé remplacer les pépites de chocolat par les petits cadeaux de l'oiseau.

Dommage qu'ils ne soient pas de la même couleur. J'ai souri et je suis allée lui donner mes biscuits aux vrais morceaux de chocolat.

Aujourd'hui, je redouble d'effort pour satisfaire Miss Anatole. Nicolas lui a promis de l'inviter à son chalet pendant les vacances. Andréane fait ses devoirs tous les soirs. Timothée partage son dîner. Léonie lui fabrique un bracelet. Il n'y a que Gaëlle qui n'embarque pas dans son petit jeu. On dirait qu'elle ne connaît pas les Rochers Roulent. De quelle planète vient-elle?

Le concert est dans 28 heures et Anatole annoncera le nom du gagnant à la récréation de demain après-midi. C'est donc le sprint final pour devenir sa meilleure amie.

Lorsque la cloche sonne, j'entends Léonie lui proposer :

— Veux-tu venir chez moi ?

— Non, Anatole. Viens chez moi, dis-je sans réfléchir. J'ai reçu une trousse de maquillage pour mon anniversaire. Tu pourrais m'apprendre à me maquiller ?

Anatole demande alors à Léonie :

— Tu as quelque chose de mieux à m'offrir ?

Léonie la regarde, tourne son regard vers moi et baisse les yeux.

— Non, répond-elle. À demain, les filles.

Elle ramasse son sac à dos, se dirige vers son vélo et quitte la cour de l'école. Je la regarde partir. Pourquoi ai-je l'impression d'avoir trahi ma meilleure amie ?

— Alors, on y va aujourd'hui ou demain ? Si c'est pour demain, oublie ça, Morgane. J'assisterai au concert du siècle, moi.

Anatole rit, fière de sa blague. Je souris pour lui faire plaisir.

— Allons-y !

5

On se maquille
pour la bonne cause

— Oh! Tu as encore tes jouets de bébé, me dit Anatoline Babin en regardant mes poupées. Moi, le jour de mes 10 ans, je m'en suis débarrassée. Papa a repeint ma chambre. J'ai une chambre d'adolescente, maintenant.

Depuis quinze longues minutes, je regarde la fouine fouiller dans mes tiroirs.

— Alors, tu me montres à me maquiller ou pas?

D'accord! J'ai déjà dit que je n'aime pas avoir des produits cosmétiques sur ma peau. En cas d'urgence, mieux vaut cela que d'endurer ses petits commentaires blessants.

Je sors le cadeau de tante Francine et la fouine s'en empare. Elle étale le contenu de ma trousse de maquillage sur mon bureau et l'examine : fond de teint, fard à joues, brillant pour les lèvres, ombre à paupières, crayon et mascara.

— Ce ne sont pas des produits de bonne qualité comme les miens, m'annonce-t-elle. Mais ça peut faire l'affaire. Pour une débutante.

Anatole me tend un linge humide et m'explique qu'avant d'appliquer le maquillage, il faut bien nettoyer la peau.

— Tu ne voudrais pas que ton visage ait l'air barbouillé, n'est-ce pas?

Lorsqu'elle ne parle pas, je pourrais presque dire que j'aime son cours d'initiation au maquillage. J'aime même la transformation que je vois dans le miroir. Mais dès qu'elle ouvre la bouche, c'est pour dire une méchanceté.

— On va agrandir tes yeux avec cette ombre à paupières. Tu as tout le temps l'air endormi. On dirait un koala qui a trop mangé de feuilles d'eucalyptus!

Au moment où Anatole m'applique sa touche finale, mon frère Alex entre en trombe dans ma chambre.

— Morgane, est-ce que je peux t'emprunter ton CD des Rochers Roulent?

Il me dévisage et ajoute :

— Tu as quelque chose de changé, sœurette.

Parfois, je me demande si mon frère n'est pas aveugle. Au moins, il n'a pas ri en me voyant peinturée du front au menton.

— Mon disque compact est dans mon sac à dos. Tu peux aller le chercher. Pourquoi en as-tu besoin ? Je croyais que tu n'aimais pas leur musique ?

— Tout le monde peut changer d'idée, me dit-il, en me gratifiant d'un clin d'œil. Ça te va bien le maquillage, Morgane.

Lorsqu'il quitte la chambre, Anatole se laisse tomber sur mon lit.

— C'est ton frère ? me demande-t-elle. Comme il est beau avec ses cheveux bouclés et ses grands yeux verts! Vous ne vous ressemblez pas, je trouve.

Ignorant son insulte, je lui dis :

— Il ne faut pas lui dire, s'il te plaît. Il a déjà la tête assez enflée. Vois-tu, mon frère a décidé de ne pas travailler cet été. Alex et son groupe de musique veulent lancer leur carrière. Tous les après-midi, ils composent et jouent de la musique dans le garage.

— Je dois aller à la toilette, dit Anatole en me coupant la parole.

Trop c'est trop !

— TA MÈRE M'A INVITÉE à souper, m'annonce Anatole à son retour. Je lui ai dit qu'on avait des devoirs à faire ensemble.

— Ah !

On dirait bien que je vais devoir exercer ma patience encore quelques heures.

— Tu viens ? poursuit-elle. J'aimerais voir ton frère et ses copains musiciens.

— Et les devoirs ?

— Tu veux rire ? Je n'ai pas de devoirs, moi. Andréane la nouille fait les miens. Tu diras à Mme Cécile que ton chien a mangé ton cahier.

J'évite de faire remarquer à Anatole que je n'ai pas d'animal domestique. Sans dire un mot, je la suis. En bas des escaliers, maman me demande :

— Où allez-vous, les filles ?

— Voir Alex.

— Il est avec son *band*. Ils ont demandé de ne pas être dérangés. Il paraît qu'ils ont trouvé l'inspiration.

Anatole me donne un coup de coude qui veut dire : « On y va quand même ! » Je m'empresse de dire à maman :

— On ne les dérangera pas, c'est promis ! On va écouter sans parler. Allez, s'il te plaît, maman chérie que j'aime à l'infini et même au-delà ?

— Non Morgane, répond maman. Laisse-les travailler.

— S'il te plaîîîîîîît, maman !

— Morgane !

Le ton de sa voix et l'index qu'elle pointe dans ma direction m'indiquent qu'il vaut mieux ne pas insister.

— Allez viens, Anatole !

Nous remontons l'escalier et nous dirigeons vers ma chambre. Lorsque je ferme la porte, je regarde Anatole. Elle est assise sur mon lit, les bras croisés et les sourcils froncés. Aussi droite qu'un poteau électrique, ses yeux lancent des flammes.

— Tu n'as pas beaucoup insisté, je trouve, me dit-elle. Tu es aussi poule mouillée que Léonie. Elle aurait pu gagner mon billet, mais elle a abandonné à la dernière minute. Remarque, je préfère être ici. Je me demande sérieusement ce que tu lui trouves. Il n'y a pas plus ennuyant que Léonie. En plus, il paraît que c'est malpropre chez elle. Il paraît même qu'ils ont des coquerelles pour pensionnaires. Que veux-tu, avec un tel père.

— Qui t'a dit ça?

— Peu importe.

Je ne peux pas laisser Anatoline Babin insulter ma meilleure amie.

— Oui, ça importe. Tu sauras que la maison de Léonie a toujours été très propre. Et Louis a perdu son emploi parce que l'usine a fermé. Ce n'est pas de sa faute.

— N'empêche, ajoute-t-elle, l'usine a fermé il y a cinq mois. Il a eu du temps pour se trouver un nouvel emploi. Il est vraiment lâche! Je comprends pourquoi sa femme l'a quitté.

À ces mots, je me mords la lèvre.

— Tu sais quoi? Je crois que je préfère que tu sortes d'ici.

— Vraiment?

— Sors d'ici toute suite, Anatoline Babin!

— Si c'est comme ça, tu ne viens pas avec moi demain soir.

— Eh bien! c'est comme ça! Salut! Anatole!

J'ai raté ma dernière chance d'assister au concert. Mais si j'y allais, c'est comme si je vendais mon âme au diable.

7

Rien n'arrive pour rien

DEPUIS QUE J'ÉCOUTE les Rochers Roulent, je rêve que j'assiste à leur spectacle. Le chanteur regarde la foule. Il choisit une personne et la fait monter sur scène pour chanter avec lui. Cette personne, c'est moi. Après le spectacle, un agent de sécurité m'amène en coulisses pour parler aux musiciens et prendre des photos. Les gars me trouvent drôle. Ça semble si réel. Mon rêve vient de s'évanouir pour de bon. Anatoline Babin a quitté la maison en claquant la porte.

J'entends maman monter.

— Ton amie ne reste pas pour souper ?

Lorsque je lève les yeux pour regarder ma mère, j'éclate en sanglots.

— Qu'y a-t-il, ma chouette ?

Je lui raconte tout. Qu'Anatoline a promis d'amener quelqu'un de la classe au spectacle des Rochers Roulent. Que nous agissons tous en moutons qui suivent leur berger. Qu'elle a mis tout le groupe contre Gaëlle, qui ne lui a pourtant rien fait. Que j'ai trahi Léonie. Que je n'en pouvais plus de faire semblant qu'elle avait toujours raison. Et surtout, que j'ai gâché ma dernière chance d'assister au spectacle.

Maman me caresse les cheveux.

— Oh! pauvre cocotte! Tu as pris la bonne décision.

— Tu ne comprends pas, maman.

— Écoute, Morgane. Je sais que tu vois les Rochers Roulent dans ta soupe. Mais crois-tu que tu aurais apprécié le spectacle?

— Oui!

— En compagnie d'Anatoline? En sachant que tu as fait de la peine à ton amie? En sachant tout ce que tu as concédé pour y arriver? En jouant le rôle que tu jouais avec Anatoline?

— Mais c'est mon groupe préféré.

— Ne t'inquiète pas, il y en aura d'autres spectacles, mon chaton. Et rien n'arrive pour rien dans la vie. Crois-moi. Peut-être que c'est une défaite pour toi en ce moment, mais tu comprendras un jour.

Je fais semblant que je suis d'accord en hochant la tête. Maman me serre fort contre elle avant de quitter ma chambre. Je suis triste, mais dans le fond de mon cœur, une petite voix me dit que j'ai pris la bonne décision.

Je saisis le téléphone et compose le numéro de Léonie.

— Oui, allô ?

— Léonie, c'est Morgane. Est-ce que je te dérange ?

— Non.

— Je m'excuse. Je n'aurais pas dû insister pour qu'Anatoline vienne chez moi.

Je raconte à Léonie la visite d'Anatole. Elle m'écoute, sans rien dire. Je ne répète pas ce qu'Anatole a raconté à propos d'elle et de son père. Elle serait trop triste.

— Elle cherchait la chicane. Alors, je lui ai dit de partir.

— Quoi? Mais qu'est-ce qu'elle disait?

— Je ne me souviens plus exactement. Mais je bouillais à l'intérieur depuis longtemps. Ça a été la bulle qui a fait déborder la bouilloire. Et je vais t'avouer, Léonie, même si Anatole m'avait offert le plus beau trésor, ça ne valait pas la peine de la laisser avoir raison.

Maman entre dans ma chambre.

— Le souper est prêt.

— Je dois aller manger, Léonie. Je t'appelle après.

— Tu as des devoirs à faire, me rappelle maman.

— T'as qu'à dire à ta mère que ton chien a mangé ton sac à dos, me suggère Léonie.

— Ou que j'ai payé Andréane pour les faire. On se revoit demain. À bientôt !

8

Les Moutons noirs

Q UAND JE SUIS ALLÉE PORTER les cartes d'absence au secrétariat, j'ai eu la surprise de voir celle d'Anatole. Je n'avais pas remarqué qu'elle n'était pas dans la classe.

À la fin de la journée, je surprends une conversation. Tout le groupe est en rogne.

— Dire que j'ai fait ses devoirs tous les soirs, vocifère Andréane. Que je suis nouille ! J'aurais dû me douter qu'elle me jouerait un tour pareil !

— Tu crois qu'elle est malade ? demande Michelle. Ça expliquerait son absence.

— D'après moi, c'était un canular depuis le début. Elle nous a bien eus.

— Nicolas m'a dit que le cousin d'Anatole gardait l'autre billet, renchérit Timothée. Il paraît qu'il a changé d'idée. Nicolas était fâché et il a rompu avec elle.

— Alors pourquoi est-elle absente ?

— Eh bien ! Ça, je l'ignore.

En écoutant les élèves, je me sens légère. Un peu fâchée contre Anatole, mais surtout contente de ne pas lui avoir laissé le dernier mot. Savait-elle dès le début qu'elle irait voir les Rochers Roulent avec son cousin ou a-t-il décidé hier de l'accompagner?

Anatoline Babin est la pire menteuse de l'école. Je ne saurai probablement jamais la vérité. Je cours rejoindre Léonie. Elle discute avec Gaëlle près des vélos.

— Devine quoi, me lance Léonie. Nicolas veut reprendre avec Gaëlle.

— Qu'est-ce que tu lui as dit?

— Que j'allais y penser, répond Gaëlle.

Je compose la combinaison de mon cadenas et leur demande:

— Les filles, vous voulez venir chez moi?

— D'accord, répond Léonie. Mais, euh! nous devons arrêter en chemin. J'ai une petite commission à faire.

Au dépanneur, Léonie prend tout son temps. Elle vérifie si les croustilles qu'elle achète sont faibles en gras. Elle regarde la date d'expiration sur le carton de jus. Elle compare les prix à l'unité de deux boîtes de barres tendres de marques différentes.

Lorsque nous arrivons à la maison, nous laissons d'abord nos vélos dans le garage. Un message de maman sur la table de la cuisine m'indique de me rendre dans la cour. J'ouvre la porte-fenêtre et une surprise m'attend. Tous les élèves de la classe sont là. Les instruments de musique de mon frère et de ses amis sont installés devant tout ce monde.

— Surprise !

Je me tourne vers Gaëlle et Léonie qui dissimulent un sourire. Elles étaient au courant. Je comprends pourquoi Léonie a pris son temps

pour faire sa « petite commission ».
Mon frère s'avance.

— Bienvenue au premier concert
des Moutons noirs! Nous vous pré-
sentons trois ou quatre chansons.
Ensuite, un barbecue vous sera
servi. Nous terminerons la journée
en musique. Bonne fête en retard
Morgane! Je t'adore, petite sœur!

— Léonie, comment se fait-il
que tout le monde le savait sauf
moi?

— Ton frère m'a téléphoné hier
soir. J'ai fait quelques appels. Et
lorsque tu es allée au secrétariat ce
matin, j'en ai profité pour inviter
tous ceux que je n'avais pas réussi à
rejoindre par téléphone.

Après la troisième chanson qui
suit le barbecue, quelques filles
s'avancent vers les Moutons noirs.
Elles se tiennent les cheveux et

crient. Comme dans un spectacle des Beatles ou des Rochers Roulent. Alex sourit derrière son micro.

— Vous connaissez la musique de la prochaine pièce. Nous avons changé les paroles. C'est juste pour toi, Morgane. Sans rancune, sœurette !

Dès les premières notes jouées à la guitare électrique, je reconnais « Pays chaud » des Rochers Roulent. Mais dès que mon frère ouvre la bouche, je comprends ce qu'il voulait dire.

« Chère Morgane
Je voudrais que tu saches
Chère Morgane
Que même si j'suis pas toujours
le frère de tes rêves
Je serai toujours là pour toi
Lalalalalalala

Chère Morgane
Quand elle se chicane
Chère Morgane
T'es mieux de te sauver derrière
un bananier
Car elle se fâche comme une
tornade
Lalalalalalala
Chère Morgane
Déjà adolescente
Presque une femme
Pour ses amis et sa famille
elle est fidèle
J'vous dis que ça, ça donne des ailes
Lalalalalala
Tout le monde avec moi :
Chère Morgane
Je voudrais que tu saches
Chère Morgane… »

Et là, tout le groupe chante mon nom. Alex termine avec un solo de guitare à n'en plus finir, suivi de la chanson « Joyeux Anniversaire ».

— Je te trouve chanceuse d'avoir un frère comme Alex, me dit Florence.

— Je sais.

— Ils sont vraiment bons les Moutons noirs, ajoute-t-elle.

C'est le plus beau jour de ma vie ! Il fait beau, j'ai tous mes amis avec moi et mon frère m'a donné un cadeau génial. Un peu en retard, mais ce n'est pas grave. Et il n'a même pas eu besoin de l'emballer !

Épilogue

ANATOLE, le moulin à parole, est discrète ces jours-ci. Depuis le spectacle des Rochers Roulent, elle n'est pas venue à l'école. Il paraît qu'elle est malade.

— Elle m'a téléphoné pour que j'apporte ses devoirs, dit Andréane. Elle pense peut-être que je vais les faire à sa place! Anatoline Babin peut toujours rêver! Elle ne semblait même pas malade. Je suis certaine qu'elle fait semblant.

— Mon grand frère était au spectacle, annonce Timothée. Il m'a dit qu'Anatole et son cousin étaient à la dernière rangée. Son cousin ne connaît même pas Simon, le bassiste du groupe.

— Anatoline nous a menti ? questionne Léonie.

— Il ne les connaît pas, mais il leur a livré une pizza l'autre jour. Le bassiste n'avait pas son portefeuille sur lui. Il lui a donné une paire de billets et le cousin d'Anatole a accepté.

Je comprends pourquoi Anatole n'est pas là. Elle a sans doute trop honte de raconter qu'elle était loin et qu'elle n'a pas parlé aux musiciens. Après tout ce qu'elle nous a fait faire. Nous étions de vraies marionnettes.

— C'est quand le prochain spectacle des Moutons noirs? me demande Florence.

— Je ne sais pas. Je demanderai à Alex ce soir.

Maman avait raison : rien n'arrive pour rien. Si j'avais assisté au spectacle des Rochers Roulent, je n'aurais pas découvert Les Moutons noirs. Si un jour ils deviennent populaires, je serai la seule au monde à dire que le guitariste et chanteur, c'est mon grand frère adoré.

Table

Dans la même collection

Réalisation des Éditions Vents d'Ouest (1993) inc.
Gatineau
Impression : Imprimerie Gauvin ltée
Gatineau

Achevé d'imprimer en février
deux mille onze

Imprimé au Canada